밀물이 그리운

작은 섬의 가슴으로

밀물이 그리운 작은 섬의 가슴으로

초판 1쇄 인쇄일 2018년 11월 28일
초판 1쇄 발행일 2018년 12월 5일

지은이 김용문
펴낸이 양옥매
디자인 임흥순
교 정 조준경, 허우주

펴낸곳 도서출판 책과나무
출판등록 제2012-000376
주소 서울특별시 마포구 방울내로 79 이노빌딩 302호
대표전화 02.372.1537 **팩스** 02.372.1538
이메일 booknamu2007@naver.com
홈페이지 www.booknamu.com
ISBN 979-11-5776-637-6(03810)

이 도서의 국립중앙도서관 출판시도서목록(CIP)은 서지정보유통지원 시스템 홈페이지(http://seoji.nl.go.kr)와 국가자료공동목록시스템(http://www.nl.go.kr/kolisnet)에서 이용하실 수 있습니다.
(CIP제어번호 : CIP2018034987)

김용문 시집

밀물이 그리운
작은 섬의 가슴으로

책과나무

사랑한다는 것은
섬과 섬으로 서서 바라보는 것
가슴이 타도록 목마른 것은 그 때문이다

글머리에

가시나무새는 가시에 심장이 찔리는 아픔을 겪으면서 가장 아름다운 음률로 노래하며 생을 마감한다고 합니다.

진주는 조개의 상처 난 곳에 씨앗을 심고 자라나 마침내는 영롱한 빛을 내는 진주가 된다고 합니다.

우리 인생에 있어서도 극심한 역경의 곤경에 처해 있을 때 가장 맑고 고운 영혼으로 생을 노래하는 경지에 이르게 되는 것은 아닐까 하는 생각을 해봅니다.

비록 가시나무새나 진주조개와 같은 아픔은 아닐지 모르지만 나에게 있어서도 암울한 여정의 역경을 걸어온 삶이 있었습니다.

그 여정의 걸음에서 느끼고 체험한 가시나무새의 아픔 같은 사연들을 시로 엮어 올려 드립니다.

하늘 높이 매달려 몰아치는 바람이 거셀수록 더욱 맑고 고운 소리로 우는 풍경 소리로 들렸으면 하는 작은 소망을 가져 봅니다.

차례

1부

아픔이 진할수록 슬픔이 깊을수록

2부

사랑할 수 있을 때 사랑하라

3부

삶의 가락을 잃어버린 거리에서

4부

영혼의 눈빛으로 이야기하던

5부

깊은 침묵의 숲에서

6부

더는 흐르지 않는 너의 삶에

7부

역사의 강은 흐르고 있는가

아픔이 진하면
진할수록,
깊음이 깊으면
깊을수록,

더 맑고 고운 소리로
우는
풍경 소리이고 싶다.

깊은 우물 속
정적의 떨림 같은,
고독이 깊음일수록
심오한 소리로 우는
풍경 소리이고 싶다.

-「풍경」 중에서

1부

아픔이
진할수록

슬픔이
깊을수록

외로운 섬으로 서 본 사람은 안다

아파 본 사람은
안다.

눈물을 흘려 본 사람은
안다.

아픔과
눈물의 의미를.

칠흑의 바다에서
외로운 섬으로 서 본 사람은
안다.

깊은 고독
그 아픔의 의미를.

아픔이 응어리지면
눈물의 샘이 되고,

눈물의 샘이 흐르면
소리 없이 흐르는 강이 되는 것을.

강물이 모이면
침묵의 바다가 되고
침묵의 바다가 울면
무지개가 피어나는 것을.

칠흑의 바다에서
외로운 섬으로 서 본 사람은 안다.

아픔이,
눈물이,
내밀한 강으로 흐르면
어이하여 생이 곱게 맑아지는가를.

삶을 곱게 채색하며 살아가자

홍조 띤 석양의 고운 얼굴
수면에 내려앉는
북한강 변의 카페에서
이슬 젖은 풀잎처럼 너의 체취에 잠긴다.

한때 삶이 아픔이었던
세월이, 지금
네 따사로운 가슴의 체온으로
봄날의 강물처럼 풀리고,

삶은
홍조 띤 노을처럼
이토록 곱기만 하다.

나누는 따끈한
한 잔의 차에도
가득 넘쳐흐르는 정….

가만히 쥐어 보는
너의 손길이
마냥 사랑홉기만 하다.

가슴을 열면
세상은 이리도 아름답고
따사로운 것이거늘!

너무나 긴- 세월을
미로의 터널 속에서
가슴을 닫고 살았다.

마주 잡은 손길이 따사롭듯
이제 우리
삶의 가슴을 열고 살아가자.

마주 보는 눈길 속으로
이리도 진솔하고 고운
사랑을 바라보듯

홍조 띤 노을처럼
곱게
삶을 채색하며 살아가자.

섬

그리워한다는 것은
섬과 섬 사이의 조류 같은 것.
가슴이 패이고 깎이는 것은
그 때문이다.

사랑한다는 것은
섬과 섬으로 서서 바라보는 것.
가슴이 타도록 목마른 것은
그 때문이다.

살아가는 것은
이렇게 섬으로 서 있는 것.
살아 볼수록 외로운 것은
그 때문이다.

파도

파도
저 혼자 부서지다
돌아가는,

하얀 속살까지
부서지다 돌아가는
바닷가에서,

오늘도
나 혼자 부서지다
조용한 울음으로 돌아간다.

애절한 사연
슬픔으로 보듬어 안고
모래알처럼 부서지다 돌아간다.

어이하리.
마음 떠나면
돌아올 수 없는 길인 것을.

저 혼자 부서지다
돌아가는
파도,

나 또한
그리
조용한 울음으로 돌아간다.

삶이 물이라 하네

흐르라네,
스스럼없이 흘러 보내라 하네.

흐르지 않는 것 어디 있을까,
화강암조차 흘러 모래가 되고
강물도 흐르는 사이 변하듯
인고의 아픔들도 흐르게 하라 하네.

삶이 힘들고 괴로운 것은
흘러 보내지 않음에서 오는 것.
머무르는 것은 앙금이 되고
앙금인 것은 살을 찢고
자리를 트는 아픔인 것을.

고여 있는 것 다 버리라 하네.
버리고 비운 후
육각수 수정체 되어 흐르라 하네.

흘러 보내라 하네.

삶이 물이라 하네.

흐르는 물이라 하네.

막차

적막함이 한기를 몰고 오는
서울역 지하도
길 잃은 사람 하나 없이
막차는 떠나가고,
막차와 상관없는 생들만이
꿈길에서 막차를 탄다.

뉘라서 생을 누리고 싶지 않으리.
등 뒤로 느껴지는
모멸과 질시의 눈길들,
몇 푼 던져지는 동전의 적선에
아픔의 눈물 곱씹지만
지금은 그마저 사치스럽다.

그저 하룻밤이라도
굽은 등 누울 수 있음에 족하고,
찌그러진 깡통이며 폐지로 얻은
몇 푼 푼돈으로

얼어 오는 시린 가슴들끼리
한 잔 술로 따스이 정을 나누고,
한 모금의 담배 연기로 허허로운 생을
날려 보냄에 족하다.

하지만, 비웃지 마라.
버려지고 잊혀진 생이라 여기지 마라.
가슴엔 늘 그리운 얼굴들 생생히 살아오고
밤이면 뜨거운 눈물 소리 없이 흐르고 있음이기에.
아는가?
깊은 절망의 벼랑 끝에 내몰려 섰을 때
스스로에게 자유로워지는 것임을.
진솔한 생의 의미를 가지게 되는 것임을.

조용히 흐르는 강으로 살아가리

깊을수록 더욱 선명하게 보이는
제 모습
소리 없는 침묵으로 바라보는 산처럼,
조용히 흐르는 강으로 살아가리.

온갖 번뇌와 시련의 아픔들
사랑하고 미워하는 애증조차도
흐르는 사이 맑은 물로 거르는,
조용히 흐르는 강으로 살아가리.

가벼울수록 자유롭고
스스럼없이 비운 가슴일수록
향기로움으로 가득 채워지는,
조용히 흐르는 강으로 살아가리.

덕지덕지 껴입은 가식의 옷들
허물 벗듯 벗어 버리고
순수의 라신으로 돌아갈수록

풍요로운 희열을 누리는,
조용히 흐르는 강으로 살아가리.

흐르면 흐를수록 편만이 깊어지고
깊어질수록 이슬처럼 평화로움 내리어
황혼이 노을빛으로 곱게 물드는,
조용히 흐르는 강으로 살아가리.

아버지의 생

아비는 신새벽 진열대에 올려진 상품처럼, 인력시장 진열대에 서서 하루의 생을 사 줄 손길을 기다렸구나.
힘깨나 써 보이는 젊은 순서에 따라 팔려 나가고, 늙어 가는 아비는 오늘도 사 줄 손길이 없구나.

해는 어느덧 중천에 떠올라 한참 땀 흘려야 할 시간, 아비는 구겨진 자존심의 부스러기를 주워 헐어 빠진 가슴에 넣고 탑골 공원을 맴돌다 서울역에 이르러 비루하게 노숙인의 행렬에 끼어 무료급식소의 한 끼 밥으로 허기진 배를 채웠구나.

무엇에 쫓긴 듯 인파들로 거리는 넘쳐나고 너나없이 살길을 찾아 정신없이 분주하지만, 아비는 아직도 넉넉하게 남은 시간 속에서 유유자적하구나.
자학적인 아픔과 자조적인 슬픈 웃음을 씹으며 그래도 돌아가야 할 곳이 있음에 위안을 받으며 해를 등지고 돌아가는 길, 고픈 가슴으로 훅하고 밀려드는 구수한 냄새, 버스 정류장 모퉁이에서 구워 내는 붕어빵이었구나.

헐렁한 주머니에 아내가 넣어 준 버스비 몇 푼을 만지작거리는 눈가에 초롱초롱한 눈망울, 티 없이 맑고 고운 웃음 흐르는 너희들이 눈에 밟혀 전 재산을 털어 붕어빵 몇 개를 샀구나.
따스한 붕어빵을 먹이기 위해 잰걸음으로 걷는 등줄기로 눈물처럼 흘러내리는 땀이 붕어빵보다 따끈한 아비의 사랑임을 너희는 알겠니.
어머! 오늘은 붕어를 낚아 오셨네요. 너스레를 떨며 빵 봉지를 받아 아이들에게 주고 돌아서서 남몰래 눈물을 훔치는 어미의 마음, 아이들아! 그 사랑으로 고픈 배를 채우며 자려무나.
아비도 그 사랑이 있어 피곤한 잠 속에서 내일의 꿈을 꾸는 것이란다.

풍경

사위어 함몰되어 가는
에스겔 골짜기를
걷는 여정,

포연에 찢긴
깃발이
생의 창가에 걸려 있다.

아픔이 진하면
진할수록,
깊음이 깊으면
깊을수록,

더 맑고 고운 소리로
우는
풍경 소리이고 싶다.

깊은 우물 속
정적의 떨림 같은,
고독이 깊음일수록
심오한 소리로 우는
풍경 소리이고 싶다.

십자가에 발가벗겨 매달린
예수 그리스도처럼,
생의 십자가에 달려
더 고운 소리로 우는
풍경 소리이고 싶다.

스러져 바람 속으로 가는 것
어디 꽃뿐이랴.
사랑도 저버리는 것.

사랑할 수 있을 때
사랑하라.
느낄 수 있을 때 느끼고
향유할 수 있을 때 향유하고
누릴 수 있을 때 누리라.

사랑하라.
사랑은 사랑할 때
의미와 생명을 가지는 것이기에.

-「사랑하라」 중에서

2부

사랑할 수 있을 때 사랑하라

그렇게 받고 싶은 사랑

가을이 익었다.
익어 곱게 물들었다.

어서 오려무나,
우리의 사랑이
저리 곱게 익어 가고 있지 않니.

까치감처럼
잘 익은 사랑의 가슴
하늘 높이 매달아
너의 입술에 쪼아 먹히고 싶다.

그렇게 너의
자양분이고 싶고
그렇게 너의
충만한 희열이고 싶다.

가지고 채우기에
혈안이 되어 버린 거리에서
나는 그저 가진 것 전부
까치감처럼 주고 싶다.

만개한 결실의
가을
단풍도 곱게 익었다.

어서 오려무나,
까치감 같은 내 사랑
너의 고운 사랑의 부리로
속살 깊이 박혀
남김없이 쪼아 먹히고 싶다.

그렇게 사랑하고 싶다.
그렇게 사랑받고 싶다.

못

오랜 세월을 살아
작은 못 하나 놓으리.

햇살 쟁명할 때
여인의 속살처럼 부드러운
구름이 머물다 가고,

쓸쓸한 외로운 밤이면
달이 뜨고 별 깨어나
저마다 고운 눈
못에 담그면,

잊혀졌던 여인
살포시 깨어나 오시려나.

애틋한 정 놓을 수 없어
작은 못 하난 놓고
기다리는 마음,

곱게 잠기어 올 여인
내게로 오시는 날 있을까.

사랑받고 싶다 쏟아지는 햇살처럼

춥다
속살이 시리도록.

아프다
뼛속이 울리도록.

슬프다
눈물샘이 마르도록.

외롭다
홀로 떠가는 구름처럼.

그립다
돌아올 날 기다리는 빈 제비집처럼.

사랑하고 싶다
만조의 밀물처럼.

사랑받고 싶다
쏟아지는 햇살처럼.

사랑하라

살구꽃 피고
제비꽃 피더니,
채 느끼기도 전
한 아름 안아 보기도 전
저버려 바람에 흩날린다.

스러져 바람 속으로 가는 것
어디 꽃뿐이랴.
사랑도 저버리는 것.

사랑할 수 있을 때
사랑하라.
느낄 수 있을 때 느끼고
향유할 수 있을 때 향유하고
누릴 수 있을 때 누리라.

꽃이 지듯 우리도 지고
꽃이 잊혀지듯 우리도 잊어지는 것.

때를 잃어버리기 전,

회한의 탄식으로 가슴 사위어지기 전,

사랑하라.

사랑은 사랑할 때

의미와 생명을 가지는 것이기에.

나도 그랬으면 좋겠다고 하였다

하염없이 그저 걷고 싶다고 하였다.
이른 달이 저물어 별이 빛나는 길
그 누구를 기다리거나
그 누군가가 기다려 주는 일 없어도
그냥 걷고 싶다고 하였다.

길을 잃어버려도 좋다고 하였다.
길을 잃으면 길을 찾을 때까지
마냥 걸을 수 있어서
차라리 길을 잃어버리고 싶다고도 하였다.

그러면서 내게 전화를 걸어왔다.
그리워하는 사람이고 싶다고 하였다.
그리워하므로 조금은 쓸쓸하고 슬퍼지고 싶다고 하였다.

한없이, 한없이 무엇인가를 주고 싶다고 하였다.
가슴이 텅– 비도록 줌으로 가난한 가슴이고 싶다고 하였다.
가난함을 느끼기에 사모하는 사람이고 싶다고 하였다.

그것이 사랑이었으면 좋겠다고 하였다.
그 사랑이 당신이었으면 더욱 좋겠다고 하였다.

나도 그랬으면 참 좋겠다고 하였다.

피리

아리도록 가슴 파내고
숭숭 뚫린 구멍 내고서야
고운 음률의 소리로 우는
피리처럼,

허허로움으로 비운 가슴
마디마디 아픔으로 뚫린
구멍으로
진솔한 생을 노래하는가.

바람이 불면 불수록
아슬히 허공에 매달려
온몸 던져 생을 노래하는
풍경처럼,

아리도록 가슴 도려내어
빈- 가슴
하늘 향해 창을 내고

혼을 쪼아 온몸으로

고운 음률의 생을 노래하는가.

고독

아스라이 바라보이는
수평선
황홀한 슬픔으로 해가 진다.

사라져 가는 것은
그렇게 아름다운 것일까.

잊혀지는 아픔만큼이나
곱게 익어 가는 고독.

파도 속의 산호가
왜 그리 아름다운지 알겠다.

그대를 향하여

부서지면 부서질수록
순백의 속살을 드러내는
파도의 가슴이고 싶다.

부서지면 부서질수록
찬란한 햇살의 강으로 흐르는
별의 가슴이고 싶다.

씻기고 깎일수록
더욱 깊고 그윽한 빛깔을 내는
수석의 가슴이고 싶다.

그대를 향하여.

그렇게 사랑하고 싶다

보고 싶다.
그저, 마냥 보고 싶고
안기고 싶다.
그렇게 외롭고 쓸쓸하다.

가까이 오라
인습의 가식의 옷 벗고
에덴의 순결한 알몸이 되자.

잠이 들어도 내 갈비뼈
취할 이도 없고
이브를 안겨 줄 이도 없다.

서로에게 우리 뼈가 되고
숨김없는 살이 되자.
남은 시간은 촌분의 머뭇거릴
여분이 없다.

더디 말고 가까이 오라.

그저 바라보고 싶고

안기고 싶다.

그렇게 외롭고 쓸쓸하다.

그렇게 사랑받고 싶다.

아리랑이 그립다.
삶의 고개마다 배인 따뜻한 눈물 젖은 가락이 그립다.
서로에게 슬픔이 되고 아픔이 되고 위로가 되고
흥겨운 기쁨이 되었던
따뜻한 정 물 흐르듯 넘쳐나던 삶이 그립다.

삶의 가락을 잃어버린 삭막하기 그지없는 거리에서
징을 울리고 덩실덩실 춤이라도 추면서
마을마다 굽이굽이 흐르던 애환의 노래
아리랑을 부르고 싶다.
가난하지만 넉넉한 가슴으로 살아온
훈훈하고 여유로웠던 날들을 살고 싶다.

- 「아리랑」 중에서

삶의 가락을 3부

잃어버린 거리에서

동강

동강에 가면,
가슴에 하얀 눈이 내린다.
마음의 창가에는 눈꽃 같이 고운
성에가 덮이고, 삶의 처마에는
수정 같은 고드름이 주렁주렁 열린다.

동강에 가면,
가슴에 맑은 강이 흐른다.
강은 도시의 잡다한 추한 때를
맑고 정갈하게 걸러 내어 가슴에는
항상 맑은 물 흐르는 소리가 들린다.

동강에 가면,
찌르레기며 종다리며 뻐꾸기의 소리가 들린다.
노래를 잃어버린 회색의 가슴에
푸른 숲을 춤추게 하는 바람이 일 듯
흥겨운 삶의 노래가 저절로 나온다.

동강에서 살려면,
저자거리의 소란스러움은 버려야 한다.
버둥거리며 아귀다툼하는 어리석음은
흐르는 강물에 띄워 보내야 한다.
그렇지 않으면 눈이 내리고 강물이 흐르며
새들의 지저귐이며 바람이며 구름의 향기를
하나도 보거나 들을 수 없으며 느낄 수 없다.
유연하고 넉넉한 자연을 향유하며 누릴 수가 없다.

동강에 가면,
가슴에 하얀 눈이 내리고, 세상을 향한 마음의
창가에는 고운 성에 꽃이 핀다.
삶의 처마에는 수정 같은 고드름이 주렁주렁 열린다.
항상 가슴으로는 맑은 물 흐르는 소리가 들리며
온갖 생명들의 흥겨운 선율에 잠긴 삶을 향유한다.

동강에 가 동강으로 흐르고 있노라면
동토의 흙을 헤집고 파릇한 생명이 솟아나고,

싱그러운 숲의 물결이 파도처럼 밀려온다.
삶이 그렇게 곱게 채색되어 물들 수 없으며
흙 내음이 그리워 훌훌 도시의 먼지를 털고 돌아온
사람들의 이야기로 밤이 깊어 가는 줄 모른다.

동강에 가면,
잃어버리고 살았던 내가 있다. 우리가 있다.

인사동

조수처럼 밀려 오가는 인파의 거리에서
시리도록 가슴이 저미어 오는 외로움으로
사람이 그리워질 때면,
인사동 거리로 가리.

황량한 바람 이는 쓸쓸한
거리를 지나 인사동에 이르면
촉촉이 단비로 삶을 적셔 주는
참사람을 만날 수 있어서 좋고,
텁텁한 흙냄새 물씬 풍기는
이조백자 빛깔 같은 생기로 살아 숨 쉬는,
세월이 흐를수록 더욱 그리워지는
가식 없는 사람들을 만날 수 있어서 좋다.

소리 없이 흐르는 강물에 배를 띄우고
유유히 노 저어 가는 산수화에서
세월을 낚는 사람을 만날 수 있고,

생동하듯 뻗어 나간 묵화 잎새에서
꼿꼿한 기개의 얼을 살아간 사람을 만날 수 있어서 좋다.

시리도록 가슴이 저미어 오는 외로움으로
사람이 그리워질 때면
인사동 거리로 가리.
넉넉한 인정, 멋과 맛의 풍류를 즐기며
유유자적 여유로운 생을 향유한
이웃의 친근한 노인네 같은 사람을 만나는 것이다.

세기의 세월을 건너 오늘을 살아가는
민초들과 스스럼없이 어우러져
흥겨운 삶의 난장에 발을 담그고,
흙냄새 묵향의 세월을 베개 하고 누워
한가로이 삶의 낮잠을 즐겨 보는 것이다.

샅바를 움켜쥐고 홍도와 씨름도 하고
시흥을 안주 삼아 황진이와 술잔을 나누며

뜨거운 가슴으로 연정에 잠겨 보는 것이다.

호탕한 삶에 거나하게 취해

김삿갓과 어깨동무하고 방랑의 길을 나서 보는 것이다.

갈천 약수터

양양 갈천 약수터로 가려면
검은 아스팔트길을 벗어나
한적한 산길을 따라 한참 걸어 들어가야 한다.

서늘한 한기가 속살을 적시고
싱그러운 공기가 찌든 허파의 때를
말갛게 씻겨 내는,
그런 길을 지나서야 갈 수 있다.

우거진 숲속 길을 걸어
등허리에 땀이 배이기 시작하고
조금은 갈증을 느낄 때쯤
갈천 약수터는 제 모습을 드러낸다.

약수는 정성스레 두 손으로 받아
천천히 마셔야 제맛이 난다.
움켜쥐기에 길들여진 손을 펴고

겸허한 마음으로 조심스레 받아 마셔야
갈한 육체가 상쾌한 해갈함을 얻는다.

서늘히 느껴지는 바위에 걸터앉아
구름 흐르는 하늘을 바라보며
숲속을 내달리는 자유로운 바람과
어깨동무하고 있으면,
살아온 삶이 서글퍼지기도 하고
살아갈 날이 아름다워지기도 한다.

양양 갈천 약수터로 가려면
검은 아스팔트길을 벗어나
서늘한 한기가 속살을 적시고
싱그러운 공기가 찌든 허파의 때를
말갛게 씻겨 내는,
그런 길을 지나서야 갈 수 있다.

우리 꽃 전시회

도시의 축제가 열릴 때면
어느 도시를 막론하고
도시의 중요한 요소요소마다에
코쟁이의 꽃들이 자리를 차지하고 있었다.

행사장 단상에 의젓이 앉아
으시대는 이 나라의 어르신네 가슴에도
어김없이 코쟁이의 꽃들이
훈장처럼 꽂혀 있었다.

할아버지 큰 기침하시며
근엄한 권위를 가지고 사실 때
이 나라의 꽃들은 앞마당에도
뒤뜰 우물가 장독대 옆에도
평안히 자리하고 살았는데….

젊은 애들 다투어 도시로 떠나가고
늙은이들만 썰렁한 마을을 지키게 된 지금,

코쟁이의 꽃들은 농촌의 앞마당에도
엉덩이를 비비고 자리를 차지하고
제 집 안방처럼 펑퍼짐히 누웠다.

이 나라 꽃들은 이 나라 사람들에게서조차
천대받고 밀려서 쫓겨나
자꾸만 자꾸만 산속으로 숨어들었다.
넉살스런 비윗살과 힘을 가진
코쟁이의 꽃이라 할지라도
아직 산을 떠메고 올 수는 없기에
이 나라 꽃들은 깊은 산속에서
고고히 생명을 이어 가고 있었다.

어느 날,
아프리카 어느 밀림에서 데려온
희귀 동물을 구경하듯
우리 꽃 전시회가 여의도에서 열렸다.
세계의 희귀 동물을 구경하듯

사람들은 저마다 입장권을 사 들고
산속에서 겨우 생명을 부지하고 있는
이 나라 꽃들을 보면서
열심히 셔터를 누르고 있었다.

지금 여의도에 가면
희귀 동물을 구경하듯
산속에 숨어 생명을 부지하고 있는
이 나라 꽃들을 볼 수 있다.
잃어버린 얼을 볼 수 있다.

아리랑

칠백 리 굽이굽이 흐르는 물 같은
투박하고 순박하기 그지없는
민초들의 삶의 애환을 술술 풀어 가는 가락
아리랑.

질경이 같은 끈질긴 생명력과
질척거리는 숨찬 질곡의 걸음이
삶의 마디마디마다에 굳은살로 박여
때로는 구성지게, 때로는 애잔하게,
때로는 눈물겨운 흥겨움으로 읊조리던
삶의 가락 아리랑.

씨를 뿌리고 김을 매면서도
모를 심고 잡초를 뽑으면서도
모깃불 벗하여 길쌈을 짜면서도
초근목피로 연명을 부지하면서도
아리랑이 있어 어깨가 가볍고
어깨춤이 절로 나 고달픔을 잊었던 날들….

백두대간의 줄기를 따라
남도 하동에 이르기까지,
태백의 정수리에서 흘러 굽이굽이 칠백 리
낙동강 하구에 이르기까지,
마을마다 아리랑이 있어
가난하지만 순박한 심성으로 옹기종기 모여
가슴이 찡하도록 정을 나누며 살았던
물 흐르듯 여유로웠던 우리네 민초들의 삶.

질펀한 애환의 삶 아리랑 가락에 실어
훌훌 털어 내고 더불어 덩실덩실 춤이라도 출 양이면
시름, 번뇌, 고달픔은 한갓 바람에 실려 날아가 버리고
땀 흘린 피곤한 육신은 단잠이 들었거늘!

아리랑이 그립다.
삶의 고개마다 배인 따뜻한 눈물 젖은 가락이 그립다.
서로에게 슬픔이 되고 아픔이 되고 위로가 되고

흥겨운 기쁨이 되었던
따뜻한 정 물 흐르듯 넘쳐나던 삶이 그립다.

삶의 가락을 잃어버린 삭막하기 그지없는 거리에서
징을 울리고 덩실덩실 춤이라도 추면서
마을마다 굽이굽이 흐르던 애환의 노래
아리랑을 부르고 싶다.
가난하지만 넉넉한 가슴으로 살아온
훈훈하고 여유로웠던 날들을 살고 싶다.

사람들아 느끼는가?

– 이산가족 상봉에 부쳐

삼천만이 환희의 울음 울던
광복의 그날!
오늘은 칠천만이 뜨거운 눈물을 흘렸다.

어질고 순박하게 살아
흰 옷을 즐겨 입었던 백의의 민족이
그 하얀 옷깃에 한 맺힌 반세기의
그리움을 쏟아 내며 목 놓아 울었다.

홍안의 소년은 검버섯 얼굴의 할아버지가 되고
꽃다웠던 소녀는 호호백발 할머니가 되어
오매불망 꿈속에서라도 보고 싶었던 얼굴들
소리쳐 부르지도 못하였다.

그저 다시는 놓을 수 없다는 듯 부둥켜안고
천생에 하 많은 죄를 지은 죄인처럼
하염없이, 하염없이 흐느껴 울기만 하였다.
서울에서 평양까지

백두에서 한라까지…
그저 소리 없이 흘러내리는 눈물이
삼천리강산을 흥건히 적셨다.

민주와 공산의 허황된 가면을 쓴
권력 탐욕에 혈안이 된 무리들이
이 땅의 순박한 민초들의 가슴에
피맺힌 고통의 못질을 하고,
가슴마다 한 맺힌 이산의 철조망을 쳐 놓았다.

사람들아 느끼는가?
북녘을 바라보며 울던 울음이,
남녘을 바라보며 울던 울음이,
소리 없는 통곡으로 흐르는 피맺힌
저 강물이 임진강인 것을.

사람들아 느끼는가?
세월이 흐를수록 더욱 그리워지는 혈육의 정,

고향의 흙냄새에 취해 잠들고 싶은 열망을.
155마일 휴전선 철조망에 걸어 놓고
눈조차 감지 못한 채 떠나간 통한의 원혼을.
맑은 하늘 쩌렁 울리는 뇌성벽력,
쏟아져 내리는 소낙비의 거센 물줄기는
누구의 아픔이며 누구의 눈물인가를.

그러나 우리는 아노라.
땅이 울고, 그리하여 하늘이 우는 날
막혔던 담은 허물어지고 불신과 미움은
더할 수 없는 그리움과 사랑으로 바뀌어질 것임을.
어머니를 부르는, 아버지를 부르는,
남편과 아내를 자식과 혈육을 부르는
응어리졌던 이 땅의 가슴들의 울부짖음이,
반세기의 피맺힌 한이…
화해와 화합의 강물로 풀어질 것임을!

삼천만이 환희의 울음 울던

그 광복의 날

오늘은 칠천만이 뜨거운 눈물을 흘렸다.

친구에게

높은 산은 골이 깊고
깊은 골은 물이 맑다.
친구여!
정수리에서 깊은 골로 흐르는
맑은 산의 생기를 마시자.

여위어진 육체에 푸른 잎이 돋고
갈증으로 타는 영혼
서늘한 핏줄이 흐르지 않는가!
살벌한 정글, 혼탁한 도시에서
추수 후 버려진 허수아비 몰골로
그리 살아오지 않았던가.

울창한 숲은 싸그리 벌목되고
탐욕의 화전 연기 하늘을 덮는데,
멸종의 기로에 선 울부짖음
조종 소리로 들리는데….

친구여!

여기, 산의 정수리에서 앉아
아직 흐르고 있는 심장에서 퍼 올린
얼음살 뜬 서늘한 생기로
말라 버린 허수아비의 핏줄을 흐르게 하자.
심장을 옥죄어 오던 때 절은 노폐물들
정갈하게 씻겨 내어 모세혈관까지
산의 생기가 유연히 흐르게 하자.

이제, 사악하고 추악한 탐욕의 발로
산을 오르는 무례함을 범하지 말자.
벌목되고 화전되어 황폐한 가슴에 산을 심자.
때 맞춰 씨 뿌리고 거름 주며
기생하는 잡초들 뽑아내고 싱그러운 숲을 이루게 하자.

생의 목이 갈할 때면 언제나 와서
정수리에서 흐르는 깊은 골의 생기를 마시자.
여위어진 육체에 푸른 잎이 돋고

갈증으로 타는 영혼은 서늘한 핏줄이 흐르게 하자.
그리하여 참선하는 마음으로 산을 내려오는
겸비한 슬기로움으로 매일 산을 오르도록 하자.
친구여!

가시나무새

마지막 혼을 쪼아
단 한 번 고운 울음 우는
가시나무새의 가슴으로
길을 간다.

선량한 눈망울, 큰 귀
겁 많은 프란시스 잠의
무거운 짐을 진 나귀로
길을 간다.

조롱과 모멸의
깊은 고독을
침묵의 강으로 삭히며
길을 간다.

찔림의 아픔으로
맑고 고운 음률을 연금술하여
마지막 고운 소리로 우는
가시나무새의 가슴으로
길을 간다.

여행

작은 물줄기가 어우러져
강이 되어 흐르듯
서로에게 따스한 샘의 가슴이 되어
우리 강으로 흐르자.

세상의 흐름은 모두
끝이 있는 것,
후회없는 아름다움을 위하여
유연하고 넉넉한 강의 가슴이 되자.

가벼울수록 여행의 걸음은 즐겁고
허허로운 빈- 가슴일수록
가득히 채워지는 것이
하늘의 향기로움이 아닌가!

순전한 순수함의 소박함이
물 흐르듯 흐르게 하자.

떠나갈 때 가지고 갈 것은
영원을 향한 꿈이 아닌가!

가식 없는 삶의 조용한 미소와
가벼울수록 느껴지는 감사함을 가지자.
잃어버려서는 안 될 소중한
지팡이처럼 의지할
사랑하는 사람 하나 가지자.

떠나는 것은

잠을 잃어버릴 때가 있었다.
꿈을 잃어버릴 때가 있었다.
혼잡한 거리의 무리 속에서
유리되어 혼자라고 느껴질 때.

삶이 눈물의 강으로 흐를 때가 있었다.
아픔이 절망의 블랙홀을 팔 때가 있었다.
상실의 안개가 흑암의 입을 벌려 삼키려 했을 때.

하지만,
때가 익어 떠날 수밖에 없음을
조용히 가슴으로 보듬어 안는 날이 오면
고독은 하나도 고독하지 않다.
아픔은 하나도 허망한 울음 울지 않는다.

네가 내게서 떠나듯이,
내가 네게서 떠나듯이,

떠나는 것은 자연스런 흐름이기에
유연하고 넉넉한 평화를 누린다.

그리하여 가장 고독할 때가
가장 진솔한 모습이다.
빈- 가슴으로 떠날 수 있을 때
비로소 순수하고 진솔한 자유로움을 누린다.

한없이 자유로운
모습으로 유영하는
생명들 화선지에 그려 넣고

소탈하고 가식 없는
영혼의 눈빛으로
이야기하던…
아-!
바보스런 심성의
운보가 그립다.

생명의 혼을
화폭 가득히 그려 넣고
온몸으로 삶을 이야기하던
운보가 그립다.

-「운보」 중에서

4부

영혼의
눈빛으로

이야기
하던

논개

못다 한 사랑
절절하여
푸른빛 강으로 흐르고 있는가.

지순한 정절
숭고한 사랑
네 가슴에 담기에는
이 강산이 너무나 작구나.

그날에 흘렸던
선홍의 고운 피
지금도 남강으로 흐르고…

그날에 흘렸던
통한의 눈물
지금도 강산을 적시고 있구나.

뻐꾸기 습성에 찌든
추하고 더러운 몰골
흐르는 남강에 담그고,

네 한 몸 던져 강산을 지켜 낸
네 맑고 고운 얼이 흐르는 강물에
더러워진 추한 몸을 씻는다.
갈한 생의 목을 축인다.

전등사

녹색 숲 우거진
소슬한 길을 걸어
전등사에 오른다.

빛을 잃어버린
옥등,
종소리는 멎은 지
또 몇 해이던가.

예불을 드리듯
얼마나 우리는 허리 굽혀
무릎 꿇고 절을 해야
생명을 부지할 수 있던 민족이었던가?

오욕의 역사 속에
무상의 세월이 흐르고…

해탈의 길을 걸어
돌계단을 올라도
거기 승천의 하늘이 보이지 않는다.

전등사 돌계단을 오른다.
높지도 않은 계단인데
왜 이리 땀은 흐르고 숨은 가빠지는 것인지.

어느 때
옥등은 빛을 발하며
전등사의 종은 울려지는 것일까.

전등사 돌계단을 오르며
불 꺼진 옥등을 닦는다.
온몸을 던져 종을 친다.

목련

하 아 얀
목련이
떨어진다.

순백의 꽃을 피우려
에이는 설한의 날들의
그리도 긴- 밤을 지새우더니,

하 아 얀
목련이
떨어진다.

기다림에 저린 가슴
더는 어이할 수 없어
툭, 툭, 툭…
목련이 떨어진다.

아름다운 노을로 익은
태양이 떨어지듯
사랑이 진하여 떨어지는 모습은
얼마나 아름다운가!

순백의 청순함
그 순정의 가슴,
눈물이 떨어지듯
목련이 떨어진다.

찹쌀떡 장수

어릴 적,
아스라이 들리는 기적 소리 같은
찹쌀떡 장수의 소리.

난지도에 버려져 쌓이는
쓰레기 더미 같은
문명의 이기들로 퀴퀴한 냄새나는
어두운 빌딩의 밤거리에서 듣는다.

화롯불 가에 둘러앉아
고소한 군밤 몇 알이며
모락모락 김나는 군고구마 나누던
따스한 삶의 흔적들이,
찹쌀떡 장수의 소리에
간헐천의 샘으로 살아온다.

무엇을 위한 사투였던가?
피터지게 싸워 누리는 것들은

공허하고 허망한 그릇에 담긴
회한의 탄식, 눈물뿐인데….

뒤척이며 잠 못 이루는
밤,
얼어 오는 가슴을 녹여
따스함을 주는 찹쌀떡 장수의 소리.

잃어버리고 살았던,
하찮은 것이라 여기며 살았던 것들이
고소한 밤알 같은 생으로 살아온다.
찹쌀떡 앙꼬 같은 단맛의 생을 깨운다.

박꽃

가슴이 희고 맑아서
달빛에 더욱 고운
박꽃이여!

스스로 겸비함을 알아
초가지붕에 자리를 펴고
숨겨진 이야기를 풀어놓듯
해맑은 꽃을 피웠거니.

서리 내리는 가을
차가운 한기 옷깃을 여밀 때
하늘이 맑아 더욱 빛나는
별들 바라기 하더니
달 같은 박 하나 낳았는가!

저마다 멍석에 팔베개하고 누워
살아오고 살아가는 이야기

모깃불 연기 피워 올리듯 나누며
삶은 환하게 박꽃처럼 피어났거니.

박꽃 피던 초가지붕 사라져 버리고
초롱초롱 하던 별이며 환하던 달은
멍석말이 되어 어디로 버려진 것일까?

독소를 내뿜는 시멘트 벽 모서리에
휑하니 속 모두 파헤쳐진
바싹 마른 빈- 껍데기로 남아
반쪽 쪽박으로 걸려 있는가.

빈- 달구지

파장 난 장터 뒤로하고
촌로를 태운 빈- 달구지
터벅터벅 집을 찾아 길을 간다.

긴- 담뱃대 입에 물고
조금은 얼큰해진 얼굴로
늙은 소달구지 타고 간다.

이랴, 워- 워-
소를 몰지 않아도
나른한 오수에 잠이 들어도
정확하게 집을 찾아
늙은 소는 돌아간다.

굳은살 박인 등줄기로
땀 같은 거름 냄새 흐르고
운무 같은 낙조의 빛이 젖어 흐른다.

덜컹거리는 수레바퀴에
목에 달린 워낭 소리도
덩달아 쩔렁쩔렁 운다.

파장 난 장터 뒤로하고
낙조의 그림자 길게 드리운
촌로를 태운 빈- 달구지가
터벅터벅 집을 찾아 길을 간다.

운보

온갖 잡다한 세상의
추하고 더러운 소리에
귀 닫고
안으로 들려오는 소리에
귀 열고 살아간
운보.

한없이 자유로운
모습으로 유영하는
생명들 화선지에 그려 넣고

소탈하고 가식 없는
영혼의 눈빛으로
이야기하던…
아–!
바보스런 심성의
운보가 그립다.

생명의 혼을

화폭 가득히 그려 넣고

온몸으로 삶을 이야기하던

운보가 그립다.

그립다

– 벗 고(故) 이성선 시인을 그리며

그립다
선한 눈빛 소탈한 얼굴
갠지스강 그 운무에
연등을 띄워 보내듯 그리 가야 했을까.

삭막한 외로움으로
밤이 깊어 가는 거리의
가로등으로 서서 서성일 때면,
성성한 머리숱 사이로 보이던
선한 가슴의 눈빛이 그립다.

버리고 싶은 것 아무리 많을지라도
버려서는 안 될 것 있음인데
어이 그마저 버리고 떠났을까?
저 혼자 훌훌 털고 떠나면
남은 가슴들마다에 그리움의 아픈 못질하는
상처를 남김을 왜 몰랐을까.

오늘처럼 사람이 그립고

쓸쓸함에 젖은 삭막함으로 외로울 때면,

그립다.

빈– 가슴의 선한 눈빛

빈– 산을 적시며 생을 읊던

성성한 머리숱 사이로 보이던

소탈한 가슴의 선한 눈빛이….

열린 물소리 시낭송회에서(왼쪽부터 故 황금찬 시인, 김용문 저자, 故 이성선 시인)

그런 그리움의 삶이었으면

해 돋는 마을
대포동 아침

햇살에 밀려오는
파도,

가시내의 수줍은
가슴처럼

너무나도, 너무나도
곱기만 하다.

지칠 줄을 모른 채
낮이나 밤이나

쓰러질 듯 밀려와
안기는,

아-!

그런 그리움의 삶이었으면…

장미

장미꽃 속에
잠든 시인
릴케

꽃의 가시에
가슴이 찔려
선홍의 피를 흘린 사람

꽃 속에 잠들 수 있다면
꽃의 가시에 찔려
피를 흘리면 어떠리

생명을 바쳐
사랑할 수 있다면.

야탑역에서

속초행 버스를 타기 위해
성남 야탑 버스터미널에 오니 매진이었다.
1층 로비의 커피숍에 앉아 다음 차를 기다리며
한 잔의 차와 세 도적놈을 읽는다.
세상에 무에 그리 훔칠 것이 있을까?
그저 생긴 그대로 평범하게 순리로 거침없이 사는 것,
그것만 있으면 탐낼 일 있으랴.
천진난만한 무욕의 천상병,
질탕한 해학의 멋을 산 중광,
제 멋과 맛에 취한 기행의 외수
부러울 것 하나 없는 부를 누림이 아닌가!
읽어내려가노라니 무료한 기다림의 시간이
그저 흥겹고 흡족한 해학의 웃음이 흐른다.
젊은 애들 호들갑 떠는 소리 가득한 홀 안
훔칠 것 없는 도적놈이 되어
앞서 간 도적놈들 따라 여행길에 오른다.
여행을 마치는 날
나 또한 즐거웠다고 말하리라.

서러워 마라.
거부하는 것,
저항하는 것처럼
어리석음 어디에 또 있을까.

흘러가는 것에게
벌거벗은 몸
그냥 주어 버리는 것이다.

눈물처럼
어리석은 몸짓은 없다.

눈물이
태양을 뜨게 하고
또 지게 하는 것을
본 적이 있는가.

-「내밀한 울림의 소리가 되라」 중에서

5부

깊은 침묵의 숲에서

사랑하리라

사랑하리라.
잠든 산들을 깨워 숲들을 춤추게 하는
바람을.
험준한 계곡을 굽이굽이 흐르며 오직 하나
그리움의 가슴으로 바다를 향하는
강물을.

사랑하리라.
삶의 어깨를 짓누르는 덧없는 무거운 짐 내려놓고
몇 권의 시집과 피리 하나, 그리고 일용할 양식이면 족할
작은 배낭 둘러메고 꿈과 열정으로
미지의 세계로 홀가분히 떠나는
여행을.

사랑하리라,
여행하다 지치고 피곤하면 발길 닿는 곳 어디든
마음 편히 누워 한 편의 시를 읊조리며
구름으로 바람으로 흐르는 피리를 부는

넉넉한 생을 즐기며 누리는
여유로움을.

사랑하리라.
만나는 사람마다 스스럼없이 마음의 인사를 나누고
한 잔의 물이라도 서로에게 권하며,
살아온 이야기에 밤 깊은 줄 모르는
정겨움이 내처럼 흐르는
삶을.

사랑하리라.
때가 되면 새로운 세계로 미련 없이 떠나는
속박되지 않는 자유로움으로 비상하는
새들의 날갯짓을.

사랑하리라.
모천을 향하여 떠나는 여행을 위하여
사나운 파도, 거센 해류의 물살을 가르며

더욱 강인함으로 팽팽하게 연단된 넘치는 힘으로
폭포라도 뛰어오를 열정을 구가하는
연어들을.

사랑하리라.
하나의 생명을 주었던 모천으로 돌아가
수많은 생명으로 돌려주기 위하여
기꺼이 제 몸을 희생의 제물로 드리는
연어들의 생을.

떠나는 이의 모습은 아름답습니다

햇빛을 거두어 떠나는
저녁노을이 아름답듯이,
어두움을 거두어 떠나는
새벽별이 아름답듯이,
떠나는 이의 모습은 아름답습니다.

슬픔이나 기쁨
그리움의 사랑이나 쓸쓸함의 이별도
삶의 자취로 남을 때
그것은 아름다운 생명으로 살아옵니다.

아무 흔적도 남김이 없음은
아무 상관이 없기 때문이며
아무 상관이 없다는 것은
잊혀진 타인이기 때문입니다.

너와 나와의 만남의 걸음이
마음 비에 삶의 흔적으로 남을 때
흔적의 뿌리는 삶의 나무를 자라게 합니다.

하루하루의 삶이 소중하고
매일매일 떠나는 삶이 아름다운 것은
바로 그러하기 때문입니다.

때로 떠남의 두려움이
발목을 잡을 때도 있지만,
폭풍우가 두려워 항해를 포기하는 항해사가 없듯이
불투명하고 두려운 미지의 세계일지라도
결코 포기하지 않는 삶의,
떠나는 이의 모습은 아름답습니다.

서로 바라보는 사랑의 눈길이 아름답듯이
마음과 마음으로 맺어진 삶이 아름답듯이
떠나는 이의 모습은 아름답습니다.

떠나는 곳 그 어느 곳이든,

떠나는 길 그 어떤 협곡의 험로이든,

미지의 세계를 동경하는 마음으로

신비스러운 바람의 기대로 미래를 여는,

떠나는 이의 모습은 아름답습니다.

소리 없이 타는 강

흐르는 강물에 살을 담그고
찢기고 상한 생의 고달픈 흔적들
정갈히 씻겨 내고 싶다.
황금빛 노을에 물들어
다시는 돌아오지 않을 길을 가는,
잘 익은 강으로 흐르고 싶다.

검게 태워질수록
더욱 깊은 맛과 향을 내는
커피 같이,
아픔의 껍질들을 살라 내고
소리 없이 타는 강으로 흐르고 싶다.

왜, 진솔한 사랑은
이토록 슬프고 아파야 할까?
슬프고 아플수록 아름다워지는 것일까?
아름다워질수록 눈물이 흐르는 것일까?

비바람 거세어질수록
더욱 꼿꼿하게 서기 위하여
혼신을 다해 뿌리 내리는
억새풀의 생을 살리라 하였더니….

아파하지 않으리,
슬퍼하지 않으리, 하여
초연히 바람으로 살리라 하였더니….

아파할수록 사랑은 더욱
아름다워지는 것이기에
아픔을, 슬픔을, 고독을 보듬어 안고
저리도 아리듯 눈부신 몸짓으로
강물에 쏟아져 내리어 별들처럼 흐르는 것일까.

흐르는 것이 생이라면
잘 익은 강으로 흐르고 싶다.
슬프고 아플수록 아름다워지는
소리 없이 타는 강으로 흐르고 싶다.

갠지스강가에 앉아 보라

갠지스강가에 앉아 보라.
생이 하나의 강으로 흐름이어야 함을 느끼리.

이글거리던 태양도 때가 되면
어둠 속으로 지고,
우리네 뜨거웠던 가슴도
낙조의 그림자 속으로 지는 것임을,
흐르는 강물 따라 흐르다
어디에선가 스러져 버리는
외로이 떠가는 연등에서 느끼리.

인고의 걸음 갠지스강에 와서 멈추고
등지고 왔던 무거운 육신 태워
매운 눈물의 연기로 떠나가는 것을 보면 느끼리.
영욕의 누림이 얼마나 부질없고 하찮은 것임인가를.

갠지스강가에 앉아
갠지스강에 생의 발을 담그면
그렇게 생이 가벼워질 수가 없다.

하느님께서 아담과 이브를 지으시고
발가벗은 몸으로 에덴에 살게 하셨을 때
가장 가벼운 생이었기에 자유롭고
겨운 행복의 생이 아니었던가!

갠지스강가에 앉아 보라.
그리고 연등으로, 풀어지는 연기로 흘러가는
하늘 섭리에 발을 담가 보라.
강으로 흐르듯 흘러가는 것이
생이어야 함을 깨닫게 되리라.

내밀한 울림의 소리가 되라

날이 저문다.

새들은 집 찾아 떠나고
외로운 빈- 나뭇가지에는
스산한 바람이 운다.

서러워 마라.
거부하는 것,
저항하는 것처럼
어리석음 어디에 또 있을까.

흘러가는 것에게
벌거벗은 몸
그냥 주어 버리는 것이다.

눈물처럼
어리석은 몸짓은 없다.

눈물이
태양을 뜨게 하고
또 지게 하는 것을
본 적이 있는가.

강 하구에 앉아
조용히 귀 기울여 보라.

때로 내로
때로 깊은 강으로 흐르다가
소리 없이 용해되어 바다가 되는 소리.

삶의 하늘
산 그림자처럼 황혼이 밀려오면
조용히 산 그림자 속으로 걸어가라.

깊은
침묵의 숲에서
내밀한 울림의 소리가 되라.

바람이고 싶다

바람이 어둠을 밀어 가고 있었다
숲들이 옷깃을 털고 따라나서고
달을 스쳐 지나는 구름들도
바람 따라 흐르고 있었다.

밤의 들녘에 서니
모두가 바람이었다.
바람으로 흐르고 있었다.

눈에 보이는 것 아무것 없어도,
손에 만져지는 것 아무것 없어도,
몸 전체로 바람의 몸짓을 느낀다.

자신의 모습을 드러내지 않고
자신의 모습 느끼게 하는
나는 바람이고 싶다.
바람으로 흐르는 삶이고 싶다.

머무를 수 없는 곳이기에
숲들을 흔들어 깨우며
구름들을 파도치게 하면서
아픔의 흔적, 미련의 흔적도 없이 떠나는,

나는 바람이고 싶다.
더불어 흐르는 삶이고 싶다.

때로 골 깊은 산속에 숨어서도
산들을 푸르름에 숨 쉬게 하고
때로 맑은 호심에 잠겨서도
더욱 선명히 별들을 빛나게 하는,

나는 바람이고 싶다.
바람으로 흐르는 삶이고 싶다,

찻집 다원

인사동 찻집 다원에 앉아
은은히 울려지는 가야금 소리에 젖어
풀 내음 향긋한 녹차라도 마실 양이면
잊혀졌던 아련한 추억들이
푸릇푸릇 살아난다

고향을 잃어버린 사람들이
도시의 집시들이 되어
흘러간 날들의 향수에 취해
토속 냄새나는 사람을 그리워한다

짚을 섞어 흙을 이겨 벽을 세우고
문양이 아름다운 창문마다
창호지를 발라 숨을 쉬는 홀
통나무 의자에 앉으면
찻잔 가득히 넘쳐나는
훈훈한 삶의 정취
고향의 흙냄새에 취한다

육순을 넘긴 이들이
서로가 초면의 얼굴이어도
오랜 지기인 양 스스럼없이
정겨운 인사를 나눈다.
어이 떠나들 왔을까?
한 잔의 차를 마시면서도
흙냄새에 취해 발가벗고 놀던 날들을
못 잊어 그리워한다.

인사동 찻집 다원에 가면
고향의 흙냄새가 난다.
대낮인데도 흙냄새의 향수에
거나하게 취한 사람들이
진부한 삶을 주정하면서
고향을 그리워한다.
사람을 그리워한다.

나무의 사랑

결빙의 대지에 혼의 뿌리 내려
맑은 피를 가지 끝까지 밀어올려
생의 잎과 꽃을 피우는
나무의 사랑을 아는가!

쏟아지는 열기의 태양
휘몰아치는 폭풍우와 맞서
생의 즙을 짜 갈한 목을 축여 주는
나무의 사랑을 아는가!

아픔과 눈물의 시련을 감내하는
진액으로 제 몸 아름답게 채색하고
마침내 온몸 불살라
아낌없이 모든 것 내어 주는
나무의 사랑을 아는가!

설한의 들녘에 홀로 서서
살 에이는 심연의 고독을

가슴으로 삭이어 안을수록

맑고 고운 영혼으로 기도하는

나무의 사랑을 아는가!

향수

텁텁한 흙내음 배어오는
햇살 좋은 토방에 앉아
된장국에 나생이며 달래 나물 같은
향긋한 생을 즐긴다.

그럴듯한 가면을 잘 써야
입신양명하는 거리에서
가식의 술수에 서툴기만 하여
별종처럼 유리되어 떠나온 곳.

어수룩하기만 한 순박함이
삭막하기만 했던 삶의 들녘에,
아침이면 멧새들 찾아와
베쫑베쫑 싱그러운 노래 하네.

하루 해가 저물어 황혼이 깃들 때면
훈훈하고 넉넉한 생의 연기 피어올라
부질없는 허황된 상념은 범접을 못하네.

치장하지 않은 수수함이
순두부 같은 담백한 맛을 내는,
없는 듯 다소곳이 내 곁을 지키는
만개한 노을빛 같은 여인이 있어
이토록 삶은 넉넉한 강으로 흐르네.

아픔의 즙으로 기도의 향을 피우는
갈한 너의 가슴에
남몰래 흐르는 작은 샘이고 싶다.

고통의 진액으로 샤론의 꽃을 피우는
가녀린 너의 가슴에
잠시 기대어 쉴 그늘이 되는 나무이고 싶다.

흘릴 눈물도 이제는 말라 버려
더는 흐르지 않는 너의 삶에
촉촉하게 적셔 주는 눈물이고 싶다.

-「그런 사람 하나 네게 있었음을」 중에서

6부

더는 흐르지 않는 너의 삶에

밀물이 그리운 작은 섬의 가슴으로

밀물이 그리운 작은 섬의 가슴으로
고요히 귀 기울여 보십시오.

소리 없이 밀려오는 그리움의 사랑이
따사로운 핏줄의 체온으로 흐르는 소리가 들리지 않습니까.

우리는 너무나 모든 것을 조급히 생각하고
쉽게 단정 짓는 어리석음으로 살았습니다.

진실과 정직함으로 나를 돌아보고 너를 생각하는
여유로움과 너그러움이 부족했습니다.

스스로 자신을 자제하고 절제하지 못해
스스로 얽어매고 괴로워하며 슬픔에 잠겼습니다.

잠시 이기적인 자괴의 걸음을 멈추고
마음 깊은 곳에서 흐르는 소리에 귀 기울여야 했습니다.

때로 적당한 거리에 떨어져서
서로의 모습 속에서 내 부족함을 찾아야 했습니다.

내게 있는 가장 소중한 것으로
서로의 부족함을 채워 주는 슬기로움을 가져야 했습니다.

아낌없이 줌으로 얻어지는 기쁨과 만족을 누리는
넉넉한 슬기로운 가슴을 지녀야 했습니다.

뭍이 그리운 밀물 같이 밀려오는 사랑의 밀어들이
서로의 체온 속에 흐르고 있음을 소중히 여겨야 했습니다.

폭풍우 휘몰아쳐 오는 하늘일지라도
어느 날엔가는 무지개가 걸림을 믿어야 했습니다.

아픔의 눈물로 살아온 걸음일지라도
사랑으로 서로의 가슴에 불 밝히면
아름다운 무지개가 걸림을 믿어야 했습니다.

미쁘신 사랑의 고운 마음은

미쁘신 사랑의 고운 마음은
진솔함의 허허로움을 가지는 마음입니다.

아쉬움이나 미련은 가지지 않음이며
함께 있음이나 나뉘어 있음에도
조금도 흔들림 없는 한길의 마음입니다.

사랑의 마음은 사랑의 바람을 가지지 않는
빈- 가슴을 지니는 것입니다.

바다 같은 사랑을 지녔다 하면서
쉬임 없이 파도치는 짓을 하지 않음입니다.

미쁜 사랑의 고운 마음은, 사랑하는 이를
평안하게 하며 평화를 누리게 하여 줍니다.

미움이나 괴로움이나 아픔들은
마음을 비우고 빈 마음에
무심의 사랑, 그 평화로움을 아직 채우지 않음입니다.

그리하므로 나는 괴로워합니다.
그리하므로 나는 가슴 아파합니다.

사랑의 바람을 가지지 않는
진솔한 허허로운 마음을 가지려 하면 할수록
어느 사이 당신은 내 마음 빈- 자리를
가득 채우고 있기 때문입니다.

혼을 쪼아 한 편의 시를 쓰고 싶다

하늘이 젖빛 구름으로 촉촉이 젖어 흐르듯
당신이 내 마음 하늘에 흐르는 날에는
혼을 쪼아 한 편의 시를 쓰고 싶다.

읽으면 읽을수록
꽃처럼 향기로운 고운 언어가 되고
아름다운 영혼의 노래가 되는,
그런 한 편의 시를 쓰고 싶다.

가슴을 열면 열수록
고운 무지갯빛 비밀을 지닌 사랑이
고요한 침묵의 비로 내리는,
그런 한 편의 시를 쓰고 싶다.

한 송이 이름 없는 들꽃이어도 좋다.
한 마리 이름 없는 멧새이어도 좋다.
당신이 다만 내 마음에
사랑의 샘으로 계시는

그 이유 하나만으로도
혼을 쪼아 영원히 잊혀지지 않을
한 편의 시를 쓰고 싶다.

그대로의 당신이 그립습니다

굽이굽이 산줄기의 계곡 따라
유연한 아름다움의 조화로움으로
스스럼없이 흐르는 강의 모습 같은,
있는 그대로의 당신이 그립습니다.

가식의 군더더기 하나 없는
티 없이 맑은 순수한 진솔함으로
흐르는 물처럼 살아가는,
수수한 모습 그대로의 당신이 그립습니다.

추악함을 화려한 치장 속에 감출 줄 아는 것이
처세술로 신봉되는 시류 속에서
거짓 없는 진실함을 소중히 여김으로 겪는
모멸의 비웃음과 질시의 눈총을
넉넉한 가슴으로 보듬어 안는,
여유로운 모습의 당신이 그립습니다.

사랑은, 있는 모습 그대로를
신뢰의 마음으로 진솔하게 보여 주는 몸짓입니다.
사랑은, 서로의 부족함을 아낌없는 희생으로 채워 가며
아픔의 상처를 눈물로 씻겨 주는 몸짓입니다.

그리하므로 당신이 그립습니다.
곤비함에 지친 상하고 갈한 영육이기에
때 묻지 않은 소박한 지순함의 사랑,
그 따사로운 눈물에 씻김 받고 싶습니다.

설한의 계절 오히려 푸른 가슴 꼿꼿이 세우고
고고한 향기의 꽃을 피우는 설란 같은
티 없이 맑고 순박한 당신의 향기에 취해 잠들고 싶습니다.
그 향기의 사랑으로 내일의 꿈을 꾸고 싶습니다.

사랑은 한 송이 꽃을 피우는 몸짓

사랑은 서로의 가슴에 꽃씨를 심어
한 송이 아름다운 꽃을 피우는 몸짓입니다.

사랑이 향기롭고 아름다워야 하는 것은
진솔한 삶을 위한 생명의 씨앗을 심어
향기롭고 아름다운 꽃을 피우는 일이기 때문입니다.

사랑이 가식 없는 진실하고 순전해야 하는 것은
사랑은 서로의 가슴에 지워지지 않는
삶의 흔적으로 남는 것이기 때문입니다.

우리가 서로에게 떠나든지 함께이든지
거짓 없는 진실함의 가슴이어야 하는 것은
서로에게 아픔의 흔적으로 남아서는 안 되기 때문입니다.

어떤 이는 비애의 눈물을 흘리며 이별하고,
미움과 증오로 자신을 불사르기도 합니다.

하지만 그러한 사랑은 서로가 진실한
사랑을 하지 않았음이기 때문입니다.

사랑은 한 걸음 한 걸음이
서로를 위해 흘리는 헌신의 땀,
서로를 위해 흘리는 희생의 눈물,
서로를 위해 가지는 사랑의 아픔으로
한 송이 향기롭고 아름다운 꽃을 피우는 몸짓입니다.

지금도 고향을 갈 때면

누구도 몰래 입술을 여는 꽃술인 양
동녘이 곱게 물드는 길
소리 없이 풀잎 걸음으로 오는 여인이었습니다.
물동이를 이고 새벽길을 걸어오는
수면 위 고요한 바람 같은 여인이었습니다.

새벽길을 나서는 오솔길을 올라
샘가에 이를 때면
여인과 나는 만나곤 하였습니다.
한 번도 인사를 나눈 적이 없었지만
서로 마주치게 될 때에는
여인의 얼굴은 아침노을빛이 되고,
뛰는 가슴 어이할 수 없어
서둘러 나는 산을 올랐습니다.

많은 세월이 흘러서 허물없이
옛이야기를 하게 될 때가 되어서야
우리는 그것이 그리움이요 사랑임을 알았습니다.

얼마나 순진하고 순수했음인지,
얼마나 아름다운 티 없는 사랑이었음인지
지금에사 우리는 그때를 그리워합니다.

지금도 고향을 갈 때면
아직도 나는 생가를 찾아갑니다.
소리 없는 풀잎 걸음으로 오는
수면 위 고요한 바람 같은 여인을 만나러 갑니다.
아침노을빛으로 물들던 여인을 만나러 갑니다.

그런 사람 하나 네게 있었음을

아픔의 즙으로 기도의 향을 피우는
갈한 너의 가슴에
남몰래 흐르는 작은 샘이고 싶다.

고통의 진액으로 사론의 꽃을 피우는
가녀린 너의 가슴에
잠시 기대어 쉴 그늘이 되는 나무이고 싶다.

흘릴 눈물도 이제는 말라 버려
더는 흐르지 않는 너의 삶에
촉촉하게 적셔 주는 눈물이고 싶다.

나는 어이하라고,
더는 아파하지 마라.
여린 네 숨결 같은 신음에도
나의 가슴은 찢어지느니.

절벽에서 뛰어내림으로
비로소 자유로이 하늘로 비상하는
한 마리 독수리로 너를 날려 보낸다.
높이, 높이 하늘을 날아오르는 날
비로소 너는 보게 되리라.

남몰래 흐르는 작은 샘이고 싶고,
잠시 기대어 쉴 그늘의 나무이고 싶고,
촉촉하게 삶을 적셔 주는 눈물이고 싶은
그런 사람 하나 네게 있었음을.

커피숍 푸른 강변

숲과 정원이 아담하게 자리한
커피숍 푸른 강변에 앉아
흘러가는 세월의 강을 바라봅니다.

따끈한 찻잔을 사이하고 앉아
반짝이는 별들의 자맥질하는 유영을 보며
별들보다 더 빛나던 사랑을
눈빛으로 나누던 때를 회상합니다.

미소 진 얼굴로 그저 바라보기만 해도
속내의 사랑을 숨김없이 전하던 날의
그 강물은 예대로 흐르고
별들 또한 저리 쏟아져 내려와 자맥질을 하는데,
싸늘히 식은 찻잔만 쓸쓸히 놓여 있을 뿐
있어야 할 당신의 자리는 비어 있습니다.

걸어가야 할 길은 아직 저리
긴- 아픔의 고독으로 남아 있는데,

아리도록 느껴지는 사랑의 체취를
내 삶의 호흡 속에 남겨 놓고
어이 별보다 더 먼 나라로 가셨나요.

그렇게 당신은 내 곁을 떠나셨지만,
아득한 거리에 떨어져 있을수록
더욱 빛을 발하며 가까이 느껴지는 별처럼
향기로운 삶의 빛깔로 당신은 내 가슴에 살아 있어,
오늘도 커피숍 푸른 강변에 홀로 앉아
나누었던 사랑의 시어들이 새겨진 가슴 잎을 따서
한 잎 한 잎 흐르는 강물에 띄워 보냅니다.

작두날에 잘려 나간 몸뚱이,
넝마처럼 목매달린 시신들
그리고…
그렇게 산화해 간 그대들 앞에 서니
하늘 보기가 부끄러워 숙연히 가슴에 두 손을 모으고
옷깃을 여미어 고개를 떨군다.

어둠이 대지를 잠식해 가는
천안 독립기념관 앞에 서니
비탄에 젖은 유관순의 울음소리가 들린다.
분노의 눈빛으로 노리쇠를 당기던
안중근의 총구가 보인다.

아- 혼과 얼이 이어져 가는
역사의 강은 흐르고 있는 것인가?

-「독립기념관」 중에서

7부

역사의 강은 흐르고 있는가

꽃이 아름다운 것은

꽃이 아름다운 것은
빛깔이 곱기 때문이 아닙니다.

꽃이 아름다운 것은
그윽한 향기를 지녔기 때문이 아닙니다.

꽃이 아름다운 것은
혹한의 시련을 감내하며 기다리는
그리움의 가슴을 지녔기 때문입니다.

기다림을 아는 이만이,
그리움을 지닌 이만이
진정 꽃의 아름다운 의미를 압니다.

그리하여, 꽃이 아름다운 것은
살을 찢는 아픔이 있기 때문입니다.
사랑이 아름다운 것도
가슴을 찢는 아픔이 있기 때문입니다.

그러하기에 가장 아름다운 꽃은
북풍한설 라신으로 고고하게 서서
사위어 갈수록 더욱 정갈하게
순백의 꽃을 피우는 설화목입니다.

누구의 눈물일까

다닥다닥 달라붙은 하꼬방들 빼곡히 들어선 가난의 군락을 이룬 달동네, 그 후미진 언덕길을 오르는 등 굽은 노인네의 허연 머리칼과 깊이 파인 주름살 얼굴에 흘러내리는 비는,
누구의 눈물인가?

지하철 돌계단 한구석 쪼그리고 앉아 떨어지는 동전 소리에 귀 기울이는 눈먼 노인네 앞에 놓인, 쭈그러진 깡통에 던져진 빛바랜 누런 동전 몇 닢 위로 후드득후드득 떨어지는 비는,
누구의 눈물인가?

서로를 아우르며 살아가는 따스한 정이며 사랑이 사치스런 감상의 쓰레기가 되어 버린, 우리가 실종된 삭막하고 비정한 거리,
오늘은 하루 종일 비가 내린다.

밤마다 들리던 개 짖는 소리며 쑥국새 소리, 새벽잠을 깨우는 두부장수 방울 소리 들리지 않고, 황혼 때면 아늑하게 마을을 감싸던 저녁연기도 이제는 피어오르지 않는다.

구수한 숭늉 같은 순박하게 살아가던 세상사 이야기와 훈훈한 정으로 한상 가득히 차려지던 둥그런 밥상이며, 거기에 둘러앉았던 식솔들 모두 어디로 갔을까?
누구의 눈물인가?
오늘은 하루 종일 하염없이 비가 내린다.

반도의 어느 공화국

반도의 반쪽 어느 공화국에는
인민들에게 투표의 권리와 의무가 있다.
인민들은 100% 그 권리를 누렸고
그로 인한 기쁨 또한 누렸다.

투표할 때의 목표와 결과는 분명하고 투명했다.
때문에 투표율은 항상 99.9% 이상이었고
찬성률은 어김없이 100%였다.

인민들은 100%의 투명성과 충성심을 표하기 위해
찬성함에 표를 던져야 했다.
정금 같은 순도의 충성심을 지녔음을
공화국 지도자 동지의 동상에
순금 빛의 옷을 입히는 것으로 증명했다.

인민공화국의 영명한 지도자 동지의
최고의 공약은 배고픈 인민에게
하얀 이밥에 고깃국을 먹이는 것이었다.

그 위대한 꿈을 가진 지도자 동지를 위하여
인민들은 새벽별 보기, 천리마 운동을 감행해야 했다.

하늘이 점지해 준 지도자 동지의 탄신일이거나
또는 100% 순도의 충성심을 표한 날은
하해와 같은 은혜를 입어 지도자 동지의 열망인
하얀 이밥과 고깃국이 배급되었다.

1년에 한 번 고깃국을 먹는 날이면
탄신일이 양력과 음력으로 두 번 할 수 없는 것이
인민들은 그것이 한스러운 것이다.

반도의 어느 공화국에서는
그 몇 %가 모자라 민주주의의 성지가 된 곳이 있다.
그 몇 %의 애국심을 위해 꽃다운 생명이 떨어지고
그리고 그 몇 %가 모자라 통치자가 탄생하였다.

그 공화국에서는
그 몇 %의 유혹에 매료되어
정신이 혼미해진 사람들이 있다.

절기 때가 되면 그들은 저마다 가슴에 검은 리본을 달고
향을 피워 올리며 절을 함으로 민주투사임을 검증받는다.
그 공화국에서는 목적이 좋으면
수단과 방법은 하등 문제가 될 수 없음을 천명했다.

반도의 어느 공화국에서는
서로가 백의의 민족임을 노래처럼 부르면서
50년 이산의 통한의 한을
몇 푼의 돈과 먹을거리로 흥정한다.
그리고 선심 쓰듯 여우오줌 같은 재회를 하게 한다.

반도의 어느 공화국에서는
이밥에 고깃국을 먹이기 위해
수백만 명을 굶어 죽이고도 눈 하나 깜짝이지 않는다.

반도의 어느 공화국에서는
넘쳐나는 음식 쓰레기를 버리기 위해
수조 원의 돈을 탕진하면서도
우리는 한민족이라고 노래한다.

반도의 어느 공화국 사람들은
풀리지 않는 모든 문제의 원인이
인민공화국과 민주공화국의 차이 때문이라고 말한다.
반도의 어느 공화국에서는 국민과 인민은 있는데
도무지 사람을 찾아보기가 어렵다.

바람박람회

이 나라 중심부 여의도에 가면
시도 때도 없이 온갖 바람들이 춤추는
바람박람회가 열리고 있다.

지금은 공원으로 탈바꿈하고 있는
옛 5·16 광장에는
아직도 군화의 바람이 불고 있다.

늙푸른 돔 지붕의 건물에서는
숨이 끊어지는 순간까지
결코 손에서 놓을 수 없는
권력의 칼 맛에 취해 허우적이는
삼 김 바람이 거세게 불고 있다.

최신형 전파 탐지기로 재빠르게
권력 실세의 파장을 감지한
송출 안테나에서는
칼바람에 맞춰 부는 나팔바람이 불고 있다.

혈세로 치부를 가리고 수혈을 받아야
생명을 부지할 수 있는 뱅크의 건물에서는,
몇 푼 푼돈에 목숨 걸고 사투를 벌이는
민초들을 내려다보며 모멸의 웃음을 흘리며
칼바람에 온갖 아양을 떨며 애교 부리는
기생오라비의 바람이 불고 있다.

여의도 중심 공원 벤치에는
대낮인데도 길을 잃은 민초들이
갈 곳을 못 찾아 방황하다 지쳐
등 꼬부리고 잠들고 있는 몸뚱이 위로
춘궁의 바람이 불어 대고 있다.

이 나라 중심부 여의도에 가면
온갖 바람을 몸소 체험할 수 있는
열두 달 내내 바람박람회가 열리고 있다.

독립기념관

걸음걸음이 살이 찢기는
핏빛 자국이었거늘,
온몸을 유성처럼 희생의 제단에 던진
고귀한 살신성인의 생이었거늘,
지금, 여기 천안삼거리 한적한 곳
밀폐된 유리관 속에 유기되어
잊혀져 가는 상징물로 남았는가.

일 년에 한 두어 번쯤
그대들의 이름을 빙자하여
스스로를 애국자라 치장하는 자들의
연례행사로 쓰여질 뿐
그대들 가슴은 늘 공허하고 쓸쓸하다.

타국의 유적물을 구경하듯
휘 둘러보고 썰물처럼 빠져나가는 무리들.
왁자지껄 소란 피우는 수학여행 코스로
역사의 현실 밖에 서 있을 뿐….

작두날에 잘려 나간 몸뚱이,
넝마처럼 목매달린 시신들
그리고…
그렇게 산화해 간 그대들 앞에 서니
하늘 보기가 부끄러워 숙연히 가슴에 두 손을 모으고
옷깃을 여미어 고개를 떨군다.

어둠이 대지를 잠식해 가는
천안 독립기념관 앞에 서니
비탄에 젖은 유관순의 울음소리가 들린다.
분노의 눈빛으로 노리쇠를 당기던
안중근의 총구가 보인다.

아— 혼과 얼이 이어져 가는
역사의 강은 흐르고 있는 것인가?

충무공 생가

충남 서산 충무공 생가에는
지금도 샘이 솟는
작은 우물이 있다.

어렸을 적 자라면서 마셨을
집 앞 우물가에는
등 구부정한 늙은 청송이 가지를 드리우고,
세월의 이끼 낀 돌담의 우물에는
늘 하늘이 푸른빛이다.

우물 속 하늘에 비추이는
내 얼굴이 죄스럽고 송구스러워,
경박하게 플라스틱 바가지로
물을 떠 마실 수가 없어,
조심스레 손으로 물을 떠 마신다.

푸른 하늘이 드리운 우물물을
겸허히 두 손으로 떠

갈한 목을 축이지만
어이하여 갈증으로 목이 타는 것일까?

청송의 그늘에서 땀을 식히며
하늘과 제 얼굴이 비추이는 우물을
플라스틱 바가지로 마구 헤집어 놓고
물을 떠 벌컥벌컥 마시며
생가를 떠나가는 사람들을 보면서,
나는 왜 죄인이 되는 것일까?

큰 자물쇠로 걸어 잠그고
범접을 못하게 금줄을 쳐
아무도 살 수 없는 텅- 빈 생가,
그 집에 갇힌 충무공은 어떤 잠을 자고 있을까?

늘 푸른 하늘이 드리운 우물가에
늙은 청송처럼 서서
자꾸만 자꾸만 허리를 굽혀
겸허히 두 손으로 물을 떠 갈한 목을 축인다.

광우병

광화문 거리가 좁다 하게
저마다 촛불을 켜 들고 결사반대의
광우병 미친 소를 성토하는 아우성 건너
이국땅 청도에서, 이글거리는 숯불에
미국산 LA 갈비를 구워 먹는다.

밤에 떠나는 선상 비자선을 타고
이국땅 청도에서 죽음이 겁나지 않는
참으로 스스로 생각하기에도
호탕한 사내가 되어 LA 갈비를 뜯는다.

촛불을 켜 들고 밤새워 걱정하는 사람들이 있어
마음 놓고 펑퍼짐하게 앉아
된장에 마늘이며 고추를 섞어
한 쌈 입에 넣어 비었던 창자를 채운다.

안전한 한우는 주머니가 가난하여
감히 엄두를 못 내었는데,

올림픽이 열리는 이국땅 청도에서
꺼지지 않는 촛불 위세에 눌리어
내심 죄인인 양 송구한 마음으로 LA 갈비를 뜯는다.
아! 참으로 오랜만에 맛보는 포만감이여.

임진강

한때
철새들의 보금자리였던
평화롭던 들녘
살기의 정적이 흐르고,

지금,
녹슨 철조망 사이로
주검 같은
임진강이 흐르고 있다.

봄도
향배단에 들러
눈물의 제를 올리고서야
갈 길을 간다.

극지방보다 더
혹한의 폭풍 휘몰아치는,

증오와 살기만이
생존의 의미였던 곳.

춘곤에 지쳐 목이 쉬었는가?
살기와 독설을 쏟아내던
나팔소리, 오늘은
아지랑이 물결에 잠겨 고요하다.

풍화작용하는 세월 속으로
어차피 떠나야 할
스치는 바람일 뿐이며
한 줌 흙인 것을……

계절이 흐르는
임진강 전망대에 서서
철새인 양 날아가는 나를 본다
강물인 양 흘러가는 나를 본다.

돌아올 수 없는 다리 앞에 서면

핏빛으로 산화된 녹슨 철교
가로지른 철조망,
비에 젖어 축 처진 깃발 같은
찢긴 생이 걸려 있다.

총상의 흔적 선명한
돌아올 수 없는 다리 앞에
절벽을 대면하듯 서면
정지된 역사의 시간이 보인다.

해마다 명절 때가 되면
모천을 찾아 폭포를 거슬러 오르는
연어 떼들처럼 몰려와
울컥울컥 피를 토했던가.
사는 것이 이런 것이 아니었음을
목 놓아 울었던가.

인정이 단절되고
혈륜마저 파괴된
인간이기를 거부한 곳에 서면,
감전된 듯 전신이 얼어붙는다.

포화의 흔적 핏빛으로 배인
돌아올 수 없는 다리 앞에 서면
얼마나 사람이 무서울 수가 있는가를,
얼마나 사람이 잔인할 수 있는가를,
얼마나 증오와 살기가 오래갈 수 있는가를
처절한 심경으로 읽게 된다.

정지된 듯 흐르는 임진강,
거미줄처럼 쳐진 철조망 위로
새들은 자유로이 넘나들고
바람이며 구름이며 유영하듯 흐르는데….

돌아올 수 없는 다리 앞에 서면
결코 흐르지 못한 채 멈춰 선
컥 컥 컥… 울음 토해 내는
숨 막히게 단절된 통한의 세월을 보게 된다.

글을 마치며

살아가는 우리들의 마음에는 어쩌면 시심이 흐르고 있는 것인지도 모르겠습니다.

어렸을 적 글을 쓰는 사람이 되겠다는 꿈을 가지고 있었지만 그것은 늘 마음뿐이었습니다. 젊은 시절 시를 쓴다고 노트를 옆에 끼고 바다로 호수로 다니기도 하였지만 사업이라는 것을 시작하고 결혼을 하고 나서는 글을 쓰는 것은 접었었습니다. 그러면서도 미련은 있어 종종 노트에 끄적이기도 하였지만 거기까지였습니다.

그러다 뜻하지 않게 어려운 역경에 처하게 되고 한순간에 쌓아 놓은 것들이 무너져 내리는 아픔을 겪게 되면서 다시금 붓을 들게 되었습니다.

아픔의 역경이 내게 어렸을 적 가졌던 꿈에 대한 불씨를 다시금 지핀 것입니다. 어쩌면 그보다 내 마음속에 나도 모르게 늘 흐르고 있었던 시심이 충격적인 사건으로 인해 시의 샘을 터트렸는지도 모르겠습니다.

그로부터 지금까지 시와 함께 흘러 여기까지 왔습니다. 두 권의 시집과 수필집도 냈습니다. 하지만 몇 권의 시집을 출간했는가가 중요한 것은 아닙니다. 얼마나 내 자신이 시를 사랑하고 시의 흐름 속에서 시와 호흡하며 살아왔는가가 중요하다고 생각합니다.

그런 삶의 모습들이 전달되는 시들로 읽혔으면 하는 바람을 가지고 이 시집을 세상에 내놓습니다.

아픔의 고통을 겪고 나면 왜 유연하고 자유로운 모습으로 살아오지 못하였던가를 후회하게 되는 것이 우리들의 모습입니다. 심혈을 쏟아 성취하여 놓은 것이 한순간에 무너져 내리는 아픔을 겪었다면 그런 마음은 더욱 일게 마련일 것입니다.

여기에 수록된 시들은 그런 아픔과 후회를 겪고 왜 물 흐르듯 하는 삶을 살아오지 못하였는가를 자책하면서 이제부터라도 그런 삶을 살아가려는 의지의 마음을 읊은 글들입니다.

이 시집이 출간되기까지 따뜻한 마음의 배려를 아끼지 않은 분들에게 감사한 마음을 전합니다.

설악산 자락의 동네 도문동에서

김용문